Addasiad Elin Meek

Darluniau Nick Sharratt

trwyn mewn llyfr

I Bunny, gyda llawer o gariad

ISBN 1 84323 350 9

Cyhoeddwyd gyntaf gan Doubleday,
adran o Transworld Publishers.

The Dinosaur's Packed Lunch © Jacqueline Wilson, 1995

Mae Jacqueline Wilson wedi datgan ei hawl dan
Ddeddf Hawlfraint, Dyluniadau a Phatentau 1988
i gael ei chydnabod fel awdur y llyfr hwn.

ⓗ addasiad Cymraeg: Elin Meek, 2004 ©
Argraffiad Cymraeg cyntaf: 2004

Hawlfraint y clawr a'r lluniau © Nick Sharratt
Cyhoeddwyd drwy drefniant gyda Random House
Children's Books, adran o'r Random House Group Ltd.

Dymuna'r cyhoeddwyr gydnabod cymorth
Cyngor Llyfrau Cymru.

*Argraffwyd gan
Wasg Gomer, Llandysul, Ceredigion SA44 4QL*

Pennod Un

Dihunodd Alys yn gynnar.
Doedd hi ddim yn teimlo
fel ymolchi. Doedd hi ddim
yn teimlo fel gwisgo. Doedd
hi ddim yn teimlo fel mynd i'r
ysgol.

''Na ddiflas,' meddai
Alys.

Doedd Alys ddim yn teimlo fel cael brecwast.

Dim creision ŷd a llaeth.

''Na ddiflas,' meddai Alys.

Gwnaeth frechdan jam iddi hi ei hun.

'Iym,' meddai Alys, gan rwbio'i bola.

Rhoddodd ddarn o'r frechdan i'r tedi ar ei gŵn nos hefyd.

Roedd Alys eisiau diod, ond roedd y lemonêd ar silff ucha'r cwpwrdd gyda chwrw Dad.

Doedd Alys ddim yn gallu ei gyrraedd.

Yna gwelodd ysgol glanhau-ffenestri Dad.

Buodd Alys bron â chyrraedd
y lemonêd.

Ond yna dyma'r ysgol yn
llithro.

Dihunodd Dad yn gynnar, hefyd.

Roedd Alys yn casáu gweld Dad yn mynd yn grac. Doedd dim mam na brodyr a chwiorydd gyda hi. Dim ond Dad oedd gan Alys.

'Sut galla i lanhau'r ffenestri nawr?' meddai Dad. 'A thyn dy fawd o dy geg, y babi.'

Roedd Alys wastad yn sugno'i bawd pan oedd hi'n drist. Roedd ei bawd sugno arbennig hi'n dechrau mynd yn bigog.

Roedd Alys yn dal i sugno'i
bawd pan aeth hi i'r ysgol. Buodd
y bechgyn yn ei phoeni hi. Aeth
Alys yn grac. Dechreuon nhw
ymladd.

Yna aeth Miss Jones yn grac ac
anfon Alys i mewn.

Aeth Alys i ymolchi.

Yn y diwedd cafodd Cadi, ffrind gorau Alys, ei hymolchi hefyd.

Aeth Miss Jones yn grac iawn
a dwedodd hi na fyddai Alys yn
cael mynd ar drip yr ysgol i'r
amgueddfa os nad oedd hi'n
ofalus.

'Amgueddfa?' meddai Alys o dan
ei gwynt. ''Na ddiflas.'

Roedd Cadi, ffrind gorau Alys, yn dal yn wlyb. Doedd hi ddim yn teimlo fel eistedd ar bwys Alys yn y bws mini. Eisteddodd Cadi ar bwys Megan, a bu'r ddwy'n giglan drwy'r amser gyda'i gilydd.

Roedd rhaid i Alys eistedd ar bwys Miss Jones.

Pan gyrhaeddon nhw'r amgueddfa, i ffwrdd â Cadi a Megan fraich ym mraich.

'Does dim ots gyda fi,' meddai Alys, gan sugno'i bawd.

Pennod Dau

Dechreuodd Alys deimlo'n well pan aethon nhw i weld arddangosfa arbennig o ddeinosoriaid. Angenfilod enfawr oedd deinosoriaid, a oedd yn arfer byw filiynau o flynyddoedd yn ôl.

Roedd Alys yn hoffi golwg y deinosoriaid.

Roedd rhai o'r deinosoriaid yn
ffyrnig a chas iawn. Sgrechiodd
Cadi a Megan. Doedd dim ots o
gwbl gan Alys.

Roedd enwau hir, enfawr gyda'r deinosoriaid, yn union fel eu maint nhw.

Doedd Alys ddim yn gallu darllen yn dda, ond chafodd hi ddim problem wrth sillafu brontosaurus ...

a tyrannosaurus
...a triceratops.

Roedd hi'n hoffi'r iguanodon yn fawr iawn. Roedd bys bawd pigog gyda fe. Efallai fod yr iguanodon yn sugno'i fawd hefyd.

Aeth Miss Jones yn grac achos
bod Alys yn llusgo ar ôl pawb
arall.

'Dere, Alys. Mae'n amser cinio,'
meddai Miss Jones.

Roedd pecyn bwyd gyda phawb ond Alys. Roedd Dad wastad yn anghofio pethau fel pecynnau bwyd. Weithiau byddai Cadi'n rhannu'i phecyn bwyd ag Alys. Ond ddim heddiw.

'Www, mae Mam wedi rhoi brechdanau eog, a grawnwin a Kit Kat a Coke i fi. Wyt ti eisiau hanner y Kit Kat, Megan?' gofynnodd Cadi.

Sleifiodd Alys i ffwrdd, gan deimlo'n wag iawn. Crwydrodd 'nôl at yr iguanodon, gan sugno'i bawd.

'Hoffwn i gael mam i wneud pecyn bwyd i fi,' meddai Alys.

Dyma law'n ymestyn ac yn ei
chyffwrdd ar ei hysgwydd.
Llaw fawr â chen drosti a bawd
pigog!

Dyma'r iguanodon yn plygu
i lawr a chodi Alys. Magodd hi a'i
siglo'n ôl a blaen.

Gwnaeth yr iguanodon becyn
bwyd arbennig i Alys.

Cafodd hi frechdan ddail, tusw
o lygaid y dydd, baryn o frigau
a photel o sudd deinosor.

Roedd y sudd deinosor yn wyrdd llachar. Roedd e'n blasu'n rhyfedd hefyd, ond yfodd Alys ddiferyn neu ddau.

Sychodd yr iguanodon geg Alys fel byddai mam yn ei wneud.

'Alys! Ble rwyt ti?'

Roedd Miss Jones yn dod, a dyma'r iguanodon yn saethu'n ôl i'w le gyda sbonc a chlec. Welodd Miss Jones mohono. Roedd hi'n grac wrth Alys.

Roedd Alys wedi drysu gormod i boeni.

Roedd y plant eraill i gyd
yn y siop anrhegion yn prynu
llyfrau a sticeri a deinosoriaid
bach rwber.

Doedd dim arian gan Alys, ond
doedd dim ots gyda hi. Doedd hi
ddim eisiau llyfr na sticer na
deinosor bach rwber.

Roedd hi newydd gael pecyn
bwyd deinosor!

Roedd Alys yn dawel iawn ar y bws 'nôl i'r ysgol.

'Dwyt ti ddim yn mynd i fod yn dost, wyt ti, Alys?' gofynnodd Miss Jones yn bryderus.

Doedd Alys ddim yn siŵr. Roedd hi'n teimlo'n rhyfedd iawn. Sugnodd ei bawd, ond roedd blas rhyfedd ar hwnnw, hefyd.

Aeth hi'n syth i'r gwely ar ôl
swper. Efallai y dylai hi fod wedi
cael bàth. Roedd ei chroen hi'n
teimlo'n rhyfedd nawr, yn galed
a sych, ac roedd e'n cosi.

Sugnodd Alys ei bawd rhyfedd
a mynd i gysgu. Cafodd hi
freuddwydion rhyfedd dros ben.

Pennod Tri

Pan ddihunodd Alys, roedd rhywbeth hyd yn oed yn fwy rhyfedd wedi digwydd.

Cododd ar ei heistedd a dyma hi'n bwrw ei phen yn erbyn y nenfwd! Roedd ei gwely hi mor fach, roedd rhaid iddi dynnu'i phenliniau o dan ei gên.

Roedd ei hystafell wely wedi mynd yn llai yn ystod y nos.

Nac oedd. Yn fwy rhyfedd . . .

Roedd Alys wedi tyfu. Roedd hi wedi tyfu a thyfu a thyfu. Roedd hi wedi tyfu cefn hir a choesau hir a chynffon hir!

Daliodd Alys ei gwynt a sugno'i bawd. O leiaf *roedd* bawd gyda hi o hyd.

Meddyliodd beth i'w wneud.

Penderfynodd fod yn well iddi ddweud wrth Dad.

Roedd rhaid iddi blygu i fynd
allan drwy ddrws ei stafell
wely . . .

a symud yn ofalus ar hyd y
cyntedd, a'i phen yn ysgubo'r gwe
pry cop (doedd Alys a'i thad ddim
yn trafferthu glanhau) . . .

ac yna roedd rhaid iddi blygu
i lawr eto i fynd i mewn i stafell
wely Dad.

'Dad, Dad! Dihuna, Dad,'
meddai Alys.

'Beth sy'n bod?' meddai Dad
o dan ei wynt. 'Paid â gweiddi
arna i, Alys.'

Syllodd Dad allan o dan y dillad
gwely. Dyma fe'n gweld Alys.
Tro Dad oedd hi i weiddi
nawr!
'Aaaaaaaaa!'

'Anghenfil! Anghenfil! Rhed,
Alys, mae anghenfil yn fy stafell
wely i,' bloeddiodd Dad.

'Hei, Dad. Fi, Alys, sy 'ma. Fi
yw'r anghenfil,' meddai Alys. 'Wel,
dwi'n meddwl 'mod i wedi troi'n
ddeinosor, a dweud y gwir. Dwi'n
teimlo braidd yn ofnus. Rho gwtsh
i fi, Dad.'

Roedd Dad yn teimlo braidd yn ofnus hefyd. Ond gallai weld bod y deinosor anferth yn ei stafell wely'n gwisgo gŵn nos Alys ac yn siarad â llais Alys.

Ei ferch Alys oedd y deinosor! Felly dyma fe'n gwneud ei orau glas i roi cwtsh iddi.

Yna rhoddodd Alys gwtsh i Dad,
ac roedd hynny'n llawer haws.
Roedd hi'n hwyl gallu codi Dad
â'i breichiau newydd. Ond
byddai'n rhaid iddi gofio torri'i
chrafangau.

Doedd dim angen ymolchi ei
chroen newydd, ond roedd ei
breichiau'n gwneud dolur wrth
iddi lanhau ei dannedd newydd i
gyd â brws dillad mawr Dad.

Amser brecwast, roedd Alys yn
folgi mawr. Llyncodd hi dorth
gyfan o fara a llowcio llond potyn
o jam mewn chwinciad.

'Wel, dwi ar fy mhrifiant,'
meddai Alys, gan chwerthin.

'Dwi ddim yn gwybod sut dwi'n
mynd i fforddio dy fwydo di nawr.
Dyw arian ddim yn tyfu ar goed,'
meddai Dad.

Wrth lwc, roedd Alys yn mwynhau bwyta coed. Wel, y dail a'r brigau bach o leiaf. Ac mae cloddiau gerddi'n blasu'n hyfryd os wyt ti'n ddeinosor.

Buodd Alys yn brysur yn torri cloddiau a choed i bobl am ddim.

Pennod Pedwar

Aeth Dad ag Alys at y doctor.

'Allwch chi wella Alys?' gofynnodd Dad.

'Dwi'n credu bod yn well ichi fynd â hi at y milfeddyg,' meddai'r doctor.

Yn y feddygfa, buodd Alys ei hun yn gwella pobl.

Gwellodd fabi oedd yn igian a gwellodd goes dost hen fenyw.

Aeth Dad ag Alys at y
milfeddyg.

'Wel, mae digon o chwant bwyd
arni,' meddai'r milfeddyg. 'Dwi
ddim yn credu bod dim byd mawr
yn bod arni.'

'Wel, mae'n well iti fynd i'r ysgol
'te,' meddai Dad.

''Na ddiflas,' meddai Alys.

Ond efallai byddai'r ysgol yn
fwy o hwyl heddiw.

Cafodd hi dipyn o sylw wrth
fynd i mewn drwy gatiau'r ysgol.

Roedd rhaid i Dad gael gair
neu ddau â Miss Jones.

Doedd Miss Jones ddim yn siŵr
o gwbl beth i'w wneud â'r Alys
newydd yma.

'Mae'n iawn, Miss Jones. Fe wna
i fy ngorau i fod yn dda,' meddai
Alys.

Gwnaeth Alys ei gorau i fod yn dda. Fuodd hi ddim yn siarad yn y dosbarth (oedd yn orlawn nawr), ond pan ddechreuodd hi ddiflasu dyma hi'n dechrau symud ei chynffon fawr newydd yn ôl ac ymlaen . . .

ac achosi tipyn o ffwdan . . .

ac amser chwarae buodd hi'n
ymladd â'r bechgyn . . .

a thasgu dŵr dros y merched
OND ...

roddodd Miss Jones ddim stŵr
iddi hi.

Roedd pawb eisiau chwarae gydag Alys nawr.

'Alys yw fy ffrind gorau i,' meddai Cadi.

'Fe fydda i'n ffrind gorau i bawb,' meddai Alys. 'Hei, pwy sydd eisiau reid ar fy nghynffon i?'

'Mae Alys yn well nag Oakwood!' meddai Cadi.

Cafodd Miss Jones reid hyd yn oed!

Pan gasglodd Dad hi o'r ysgol, cafodd help gan Alys i lanhau pob ffenest yn y stryd.

Talodd pobl
ddwywaith yr arian
i wylio Dad yn
dringo i fyny ac
i lawr ei ysgol
newydd.

Roedd Alys a Dad yn chwys
domen ar ôl gweithio mor galed.

'Beth am fynd adre i gael bàth
oer?' gofynnodd Dad.

''Na ddiflas,' meddai Alys. 'Beth
am fynd i nofio?'

Felly, aeth Alys a Dad i'r pwll
nofio. Doedd dim llawer o ddŵr ar
ôl yn y pwll wedi i Alys blymio
i mewn!

Roedd pawb yn mwynhau
plymio oddi ar Alys a sefyll o dan
y rhaeadr.

Buodd Dad wrthi'n hir yn
ei sychu hi'n dda.

Cafodd Dad bysgod a sglodion
i swper.

Cafodd Alys ddail coed a
chloddiau a dant y llew a danadl
poethion a gwair hir a thusw
mawr o flodau – *a* physgod a
sglodion *hefyd*.

'Iym,' meddai Alys, gan rwbio'i
bola.

Gwnaeth Dad ei orau i roi'r
dillad gwely drosti.

Sugnodd Alys ei bawd pigog
newydd tan iddi gysgu a . . .

phan ddihunodd hi roedd hi'n ferch
fach unwaith eto.

''Na ddiflas,' meddai Alys.

Ond roedd potel bron yn llawn
o sudd deinosor gyda hi o hyd . . .

Y DIWEDD